Geschichte 'Eine Schnüffelnase zu Weihnachten'

Nr. II aus der Serie „Weihnachtsszenen"

2020 ©Copyright: Hiam Mondini

Lektorat: Jeannette Cimmieri

Herstellung und Verlag: BoD – Books on Demand, Norderstedt

ISBN: 9783752670844

***

Eine Schnüffelnase

zu Weihnachten

***

Weihnachtsszene II

von

Hiam Mondini

inspiriert durch das Leben in
Chicago 2020

Prolog

Ein unvergessliches Jahr 2020 wurde geschrieben und wird in die Weltgeschichte eingehen. Ein inspirierendes Jahr, welches zum Denken und Handeln anregt. Auch mich haben die Ereignisse der letzten Monate geprägt und aufgefordert auf verschiedenen Ebenen vermehrt tätig und bewusster zu werden. Corona, das mit Abstand meist genutzte Wort dieses Jahres, welches die gesamte Welt lahm gelegt hat... ein Grund mehr, kommende Weihnacht zum Leben erwachen zu lassen, mit offenen Augen, Herzen und Ohren den Menschen zu begegnen.

Mittwoch

Charles atmet die kühle Waldluft so tief wie möglich in seine Lungen ein. Seine Augen hält er für dieses neu entdeckte Ritual kurz geschlossen und öffnet sie erst wieder, als er die warme Luft in die Kälte entfliehen lässt. Sein Blick wandert langsam durch den Wald, welcher mit einer zauberhaften weissen Decke belegt ist. Noch 10 Tage bis zu Weihnachten und noch immer hat er es niemandem erzählt.

Jeden Morgen befreit ihn sein Wecker aus einer unruhigen Nacht, lässt er sich von einer erfrischenden Dusche beleben, zieht er sich frische Kleidung an und isst seine Cornflakes mit Blaubeeren aus der grossen Box. Ganz normale Rituale, die jeder Mensch haben sollte. Ganz normale Tage, ganz normales Leben.

Nur wenn der Moment kommt, in welchem er seine warme Jacke, seine Mütze und Schuhe anzieht, zum Auto geht, den dicken Schnee von der Scheibe wischt und einsteigt, ist nichts mehr normal.

Wohin soll er heute fahren, um einen ganz normalen Eindruck zu hinterlassen? Jeden Morgen, von Montag bis Freitag, diese Anstrengung, eine ganz normale Woche vor zu leben.

Für alle anderen natürlich. Normalität aus der Cornflakes-Box. Charles muss über diesen Gedanken schmunzeln und lässt in seinem Kopf einen Werbespot ablaufen, welcher bestimmt gute Einschaltquoten erzielen würde.

Alleinstehend, haben sie gesagt. Keine Familie, die zu ernähren ist, hat die Personalfrau erwähnt. Die junge, stark geschminkte, Direktunterstellte des Chefs. Dass sie eine Familie zu ernähren hat, mag er bezweifeln, aber seine Meinung ist zu diesem Zeitpunkt irrelevant.

Eigentlich, wenn er es genau nimmt, ist seine Meinung überhaupt nicht mehr relevant. Sie haben ihm dies so ziemlich klar gemacht, dass er, und das schliesst ja auch sein Denken mit ein, nicht mehr gefragt ist.

Betriebswirtschaftliche Massnahmen nennen sie es. Wirtschaftskrise wurde auch genannt. Covid19 kam mehrmals vor und der Begriff ‚Globale Verantwortung'.

Charles hebt seine Schultern an, blickt um sich, um sicherzustellen, dass er alleine mit der Natur ist und lässt einen langen Schrei ertönen.

Donnerstag

„Guten Morgen Charly! Wie läuft die Werbebranche? Gibt's einen neuen Werbespot von dir, mein Junge?" Der aufgestellte Nachbar mit einer Chicago Cubs Maske im Gesicht, will gerade die Strasse überqueren und auf Charles zugehen, als dieser hastig abwinkt und rasch die Autotür öffnet.

„Hey Simon, sorry, hab's eilig, bin eh schon spät dran!" Er steigt in sein kaltes Fahrgestell und hört den abgewiesenen rufen: „Kein Thema, alles klar! Wer will schon Köpfe rollen sehen! Bis später!"

Charles schwerer Stiefel drückt auf das Gaspedal und viel zu schnell, damit es zur Szene passt, kurvt er um die Quartiersecke herum.

„Mist, verdammter Mist!" Er haut mit der Hand im Handschuh auf sein Lenkrad, schenkt der Strasse einen Moment keine Aufmerksamkeit und hört das extrem laute und langgezogene Hupen eines Lastwagens.

***

„Sir?! Können Sie mich hören?! Das darf doch nicht wahr sein! ... Hallo, ja, hm…. Moment… Sheridan Road… hm… 359, Evanston, verdammt… Ich habe soeben einen Personenwagen gerammt mit meinem LKW… Der Verrückte kam aus einer Quartierstrasse einfach reingerast… Verdammt, er hat einfach seinen Kopf auf dem Airbag und bewegt sich nicht…. Ja, natürlich bleibe ich hier! Verdammt, soll ich ihn etwa einfach so stehen lassen…?"

Aufgeregt geht der LKW-Fahrer hin und her und weiss nicht, ob er die Strasse sperren oder beim Verletzten bleiben soll. Plötzlich sieht er einen Mann mit einer Schneeschaufel erst langsam, dann hastig, wie es der Schnee erlaubt, auf sie zukommen.

„Hey Sie, könnten Sie hier stehen bleiben, ich muss die Strasse absperren und freihalten für die Ambulanz. Es kommen schon die ersten Gaffer! Scheisse nochmal, was für ein Irrer dieser Typ! Fährt einfach auf die Strasse ohne zu schauen!" Mit zittrigen Händen weist er auf das Auto und geht zu seinem Lastwagen.

„Charly!!! Um Himmels Willen! Charly! Das ist mein Nachbar! Ich habe das laute Hupen und Quietschen gehört! Er hatte es eilig! Er arbeitet in der Stadt.... um Gottes Willen!"

„Mir eigentlich piepegal, wo er arbeitet! Er fährt wie ein Geistesabwesender und ich hab' jetzt mächtigen Ärger am Hals und er bewegt sich nicht!" Der Lastwagenfahrer rennt mit einem grossen Pannendreieck auf der Strasse etwas zurück und flucht weiter vor sich hin!

„Charly,.... Kannst du mich hören?... Charly, halte durch... Du schaffst das Charly... Junge, komm schon! Zeig, dass du mich hören kannst!"

Samstag

Ein gleichmässiges Piepsen ist das einzige Geräusch, welches im kahlen und sterilen Raum zu hören ist. Das verdunkelte Krankenzimmer riecht nach Desinfektionsmittel und frisch gewaschener Bettwäsche. Die regelmässigen Bewegungen auf dem Monitor neben dem Bett scheinen die soeben prüfende Krankenschwester positiv zu stimmen und sie wirft einen Blick auf den Mann im Bett daneben. Ein kurzes

Überprüfen der angeschlossenen Schläuche, einen Eintrag auf das Patientenblatt und schon will sie auf dem Absatz kehrtmachen, als sie sein Stöhnen vernimmt.

„Herr Michaels? Können Sie mich hören?"

Sie entnimmt ihrem Kittel einen Stift und leuchtet ihm, mitten in das aufgehaltene Auge. Er zuckt kurz mit dem Kopf und gibt abermals ein schmerzerfülltes Geräusch von sich. Die Krankenschwester drückt einen Knopf neben dem Bett und beginnt erneut auf das Krankenblatt Notizen zu machen. Keine fünfzehn Sekunden vergehen, da öffnet sich die Tür und eine weitere Pflegefachfrau betritt hastig den Raum.

„Würdest du bitte Dr. Key informieren, unser Dornröschen ist wach."

Ein Blick hinaus in den Flur verrät ihr, dass der besorgte Nachbar noch immer auf Informationen wartet, welche sie ihm nicht geben darf.

„Noch immer keine Angehörigen?", fragt sie ihre Kollegin. Eine verneinende Kopfbewegung ist die einzige Antwort, welche sie von ihr beim Verlassen des Zimmers erhält.

Als die Tür geschlossen ist, legt sie ihre kräftige dunkle Hand auf den Arm des Patienten und schüttelt ihren Kopf.

„Sie sollten nicht alleine erwachen, Sir. Nein, das sollten sie nicht. Na, ich hoffe jetzt mal, dass Sie beiden sich gut verstehen. Aber davon gehe ich jetzt aus, sonst würde er nicht schon den zweiten Tag vor ihrer Tür wachen, nicht wahr mein Junge? Na dann wollen wir ihn mal reinholen, den guten Nachbarn."

Sonntag

„Danke Simon, ich schätze deine Fürsorge sehr, aber mir geht es schon viel besser. Mir nichts, dir nichts, bin ich hier raus und dann trinken wir ein Bier zusammen und schauen uns ein Geisterspiel an! Schau nur zu, dass du genügend Kühles im Kasten hast."

Mit begleitenden Schmerzen kann Charles ein etwas lauteres Lachen aufsetzen und hält sich dabei den Arm vor die Brust.

„Ja, das geht noch nicht so gut, kommt aber noch. Alles kommt gut. Immer kommt alles gut. Ich hab' doch recht, nicht wahr, Simon?"

Er blinzelt seinen noch immer stillen Besucher mit Maske im Gesicht an. Dieser nickt etwas nachdenklich und reibt sich die Hände im Schoss.

„Du hast uns allen einen mächtigen Schrecken eingejagt, Charly. Die ganze Nachbarschaft sendet dir herzliche Grüsse und schnelle Genesungswünsche. Body hat sogar deinen Vorplatz vom Schnee befreit, weil er dachte, du seist dort hingefallen.

Wir sind froh, dass er nicht wirklich weiss, was passiert ist, Charly. Du weisst ja, er hat seinen Sohn bei einem Autounfall verloren. Und Betty will unbedingt wissen, welches dein Lieblingskuchen ist, sie backt eben für ihr Leben gerne, aber darf selber nicht so viel Zucker essen."

Simon streicht sich mit der Hand über sein graues Haar und räuspert sich.

„Und dann muss ich dich von Jason grüssen." Er schüttelt dabei seinen Kopf und schaut bedauernd in die erschöpften Augen von Charles.

„Er kann leider nichts mehr machen... Dein Oldtimer hat's nicht geschafft..."

Charles nickt kurz betroffen und blickt an seinem Bett hinunter. Er versucht erneut eine gute Miene aufzusetzen und wünscht sich, dass diese Anstrengung bald vorbei ist.

„Hey, den wollte ich eh schon lange mal eintauschen. Irgendwie schien der bei

Frauen nicht so gut anzukommen. Das hat er nun davon! Dann gibt's eben was Neues. Der Ford Mustang soll klasse sein. Und ich lasse allen von Herzen danken für ihre Liebe, die sie mir zukommen lassen! Ich habe die besten Nachbarn, die man sich nur wünschen kann! Und bitte richte Betty aus, dass ich total auf Pekannusskuchen abfahre! Es gibt nichts, was leckerer sein könnte in dieser Jahreszeit! Und jetzt sollte ich wohl etwas schlafen, wenn es dir nichts ausmacht, Simon? Ich bin sehr müde und mein Kopf schmerzt. Ich sollte nach mehr Schmerzmittel fragen." Während er dies ausspricht drückt er auf den Knopf neben sich und legt seine Hand auf die Stirn.

„Ja, ja, natürlich, Charly. Du solltest dich wirklich ausruhen! Schliesslich steht Weihnachten vor der Tür... Aber das besprechen wir morgen!"

Simon winkt mit der Hand ab und legt sich die Mütze auf den Kopf. Er erhebt sich aus dem Stuhl, tätschelt sanft das Bein durch die Decke und murmelt unter Maske abermals: „Das besprechen wir morgen, mein Junge. Pekannuss... Alles klar... Schlaf gut Charly, das wird schon wieder mein Junge..."

Mit diesen Worten geht Simon aus dem Zimmer und der zurückbleibende Patient blickt ihm besorgt und traurig hinterher.

Montag

„Und was denken Sie, wohin Sie gehen, Dornröschen? Ich kann mich nicht erinnern, Ihnen gesagt zu haben, dass Sie dieses kuschlige Bett verlassen können! Das habe ich mit viel Liebe und Geduld heute frisch gemacht. Jetzt husch, Beinchen wieder hoch auf die Matte!"

Die füllige Krankenschwester mit dunkler Hautfarbe geht gemütlich auf den Patienten zu und steht breitbeinig vor ihm. Sie stützt demonstrativ beide Fäuste in die weichen Hüften und spitzt ihren Mund unter der Maske.

„Ich kann das Enten-Gesicht ganz gut, sagt mein Mann! Sie würden es lieben, wenn Sie es sehen könnten!" Sie hebt belustigt ihre Augenbrauen hoch und lächelt ihn fürsorglich, aber bestimmt an.

Langsam setzt sich Charles auf die Bettkante und hält sich eine Hand auf den Kopf, welcher er langsam und sichtlich unter Schmerzen hin und her bewegt.

„Das geht nicht... Ich kann nicht hierbleiben, bitte... Das geht nicht... Ich habe keinen... Ich habe keine... Ich sollte jetzt wirklich gehen. Bitte, Ma'am, ich schätze Ihre Fürsorge sehr, aber ich muss dieses Krankenhaus auf der Stelle verlassen."

„Na, wenn Sie bei mir nicht schön brav hören wollen, dann muss ich vielleicht besser den grossen und grimmigen Bob vom Sicherheitsdienst holen lassen. Und wenn Sie auch bei dem nicht artig sind, wird Dr. Key Ihnen eine Spritze geben, die Sie dann in eine Kuschelkatze verwandelt, die den ganzen Tag nur schlafen will. Für wen entscheiden Sie sich? Ich persönlich finde, ich bin die Charmanteste, die zur Auswahl steht. Ich sag' jetzt nämlich auch noch 'BITTE', Sir!"

Sie zeigt mit der Hand in Latexhandschuhen auf das Kissen und nickt mit ihrem Kopf ebenfalls in diese Richtung.

Charles schliesst seine Augen und atmet tief Luft ein. Er lässt seinen Kopf hängen und beginnt leise zu schluchzen.

„Sie verstehen nicht, Ma'am... Ich... Ich kann das nicht bezahlen. Ich habe meinen Job verloren und habe keine Krankenversicherung mehr und das schon seit Monaten... Mir gehen die Ersparnisse aus und...", er schluchzt fester und kann die nächsten Worte kaum mehr aussprechen.

„Ich wünschte, dass ich diesen Unfall..."

Energisch wird er von der Krankenschwester unterbrochen. Sie fasst ihn beim Kinn und hebt seinen Kopf an. Vor sein Gesicht hält sie den erhobenen

Zeigefinger der anderen Hand und ihre sonst grossen braunen Kulleraugen, haben sich zu schmalen Schlitzen verengt.

„Wagen Sie es nicht, nur schon sowas furchtbar Schreckliches zu denken, geschweige denn auszusprechen! Was fällt Ihnen ein, so undankbar zu sein! Sehen Sie denn nicht, dass dies eine zweite Chance ist anzupacken? Was denken Sie, wie viele Menschen ich dieses Jahr, sterben sah? Wie viele Angehörige ich kontaktieren musste, um ihnen mitzuteilen dass sich dieses schreckliche Virus ein weiteres Menschenleben genommen hat. Wie viele Patienten ich beobachten musste, die an einer Maschine gelitten haben. Die kaum atmen konnten und doch zurück ins Leben wollten!? Wagen Sie es nicht, dieses Geschenk mit Füssen zu treten und aufzugeben! Sie sind kerngesund! Etwas lädiert gerade, aber jung und vital! Sie haben dieses furchtbare Jahr und einen schlimmen Unfall überlebt! Und welches Hirngespinst Sie mit der Krankenkasse haben, weiss ich nicht, wir leiten alles weiter und es wird bezahlt! Und jetzt ohne Diskussion wieder hinlegen!"

Dienstag

„Einen wunderbaren guten Morgen, ohne Sorgen! Wie geht es dir Charly?" Der gut gelaunte Nachbar schwebt förmlich durch den Raum und öffnet beschwingt die Gardinen und das Fenster.

„Guten Morgen Simon, was verschafft mir die gute Laune?" Charles richtet sich im Bett etwas auf und lächelt seinen täglichen Besucher verlegen an.

„Weil wir am Leben sind, Charles! Weil die Sonne lacht und die gefrorenen Bäume glitzern lässt! Weil es bald Weihnachten ist und mir das Wasser bereits jetzt im Mund zusammenläuft, wenn ich an Bettys Essen denke! Und ich ganz fest damit rechne, dich an unserem Tisch zu sehen!"

Mit seinen letzten Worten weist er mit beiden Zeigefingern auf den Patienten im Bett und lässt sich in den Besucherstuhl in der Ecke fallen.

„Ahh, stört es dich, wenn ich diese nervende Maske kurz abziehe, Charly?"

Ohne eine Antwort abzuwarten, löst er beide Bändel von den Ohren und atmete tief ein!

„Das tut gut! Und nun sag mein Junge, was gibt's Neues? Wann darfst du wieder aus diesem Bett?" Freudig lächelnd blickt er seinen verletzten Nachbarn an.

„Sie meinen noch zwei Tage. Meine Wirbelsäule und mein Nacken sehen gut aus, mein Kopf zeigt keine Blutungen auf und meine Prellungen heilen auch ganz gut. Der Sehnerv macht ihnen noch etwas bedenken, aber das wird schon wieder!"

„Was ist mit deinem Sehnerv?" Der nun aufmerksam gewordene Nachbar und Freund stützt seine Ellenbogen auf seine Oberschenkel und sieht Charles fragend an.

„Ich verstehe doch auch nur die Hälfte von ihrem Fachgelaber... Irgendwie wurde etwas durch den Aufprall angerissen und muss beobachtet werden...“

Er schüttelt leicht den Kopf, was ihm sichtlich Schmerzen bereitet und winkt daher mit der Hand ab.

„Ich verstehe. Ja, die Verbindung zur Chiasma darf auf keinen Fall verletzt sein. Dein Augenlicht ist dein grösstes Fundament in der Werbebranche, mein Junge! Das darfst du nicht so auf die leichte Schulter nehmen und solltest dich brav an ihre Vorschriften halten! Versprich mir das, Charly.“

Simon erhebt sich nun aus seinem Stuhl, zieht sich die Maske wieder an und blickt zur Tür, als wolle er sich dort mehr Informationen beschaffen.

„Ja, genau so hiess das Wort... Aber, woher kennst du dich so gut aus? Ich dachte immer, du hättest im Büro gearbeitet... In der Finanzbranche oder so ähnlich, nein?"

Simon macht einen Schritt auf das Krankenbett zu, hält sich daran fest und blickt den darin Liegenden fürsorglich an.

„Und da hast du auch absolut recht, mein Junge! Aber das können wir dann an Weihnachten genauer besprechen, wo ich meine neugierige Nase überall reingesteckt habe, wenn wir gemütlich einen Eierlikör vor dem Kamin schlürfen. Du kommst doch, oder? Ich habe da nämlich noch eine kleine Überraschung für dich."

Obschon er eine Maske trägt, verrät das Glitzern in seinen Augen, wie sein Gesicht vor Vorfreude strahlt.

Mittwoch

Simon öffnet seine Garage und blickt zufrieden auf die verschneite Strasse.

„Wunderbar! Das perfekte Weihnachtsfest steht vor der Tür!"

Er nimmt die grosse Schaufel von der Wand und geht gemütlich über die Strasse. Kaum hat er begonnen, die Einfahrt vor Charles' Haus vom Schnee zu befreien, hält der Postbote neben ihm an.

„Hey Simon, ist Charly noch nicht zurück?"

Simon geht auf den Wagen zu und winkt dem Postboten freundlich zu.

„Hey Mike, wie geht es dir? Leider nein, aber er wird bestimmt an Weihnachten hier sein. Hast du was Gutes für ihn? Ich kann es ihm gerne ins Krankenhaus bringen, ich gehe heute Nachmittag vorbei."

Nachdenklich blickt der Postbote auf einen Brief vor sich und verzieht murmelnd den Mund.

„Ich weiss nicht, Simon, ich müsste eine Unterschrift haben. Ist eingeschrieben, verstehst du? Sieht aber irgendwie dringend aus, wenn du weisst, was ich meine? Aber, ob das Charly dann gefällt...

Ich will keinen Stress mit meinem Chef, weisst du, Simon..."

„Alles gut, mein Junge, ich verstehe schon." Simon hält eine Hand in die Luft, als wolle er ein Warnzeichen geben.

„Wir machen's so: Du zeigst mir das Couvert und ich werde Charly heute fragen, ob ich es morgen entgegennehmen und für ihn unterschreiben darf. Was sagst du dazu, Mike?"

Ohne etwas zu erwidern, hält der pflichtbewusste Übermittler das Couvert in Richtung Simon, so dass dieser nicht zu nahe an den Wagen treten muss, um den Absender entziffern zu können. Er nickt kurz, zieht etwas kühle Luft geräuschvoll durch die Nase ein und sagt: „Alles klar, danke Mike. Du bist ein äusserst vertrauenswürdiger Mann. Ich bin froh, dass wir dich in unserer Nachbarschaft haben dürfen und das werde ich deinem Chef so mitteilen!"

Erleichtert und stolz steckt Mike den Brief wieder zurück in die Box, schenkt Simon ein dankbares Lächeln und hält die Hand kurz zum Abschied in die Höhe.

Als sein Wagen die Sicht auf die Strasse wieder frei gibt, sieht Simon seine Frau an der Strasse stehen.

„Alles in Ordnung, mein Lieber? Worum ging es denn eben?"

„Alles bestens, meine Teure! Mike hatte einen Eingeschriebenen für Charles."

„Oh, wirst du ihn um die Vollmacht fragen?" Betty's Frage erscheint beiläufig, während sie ihrem Mann beim Schnee wegwischen hilft.

„Kann sein, dass ich es vergessen werde, wir haben uns stets so viel zu berichten, Betty."

„Oh Simon, ich kenne dich besser! Du solltest aufhören, mir Sachen verschweigen zu wollen. Ich weiss doch genau, dass du wieder was im Schilde führst. Einmal Schnüffelnase, immer Schnüffelnase!"

Mit freudigem Lachen beenden beide die Konversation und räumen Charles' Einfahrt vom frischen Schnee frei.

Donnerstag

Mit funkelnden Augen kommt die füllige Krankenschwester ins Zimmer und tritt auf den Patienten im Bett zu.

„Nana, wer wird denn an diesem besonderen Tag ein solch trauriges Gesicht machen? Ich weiss nämlich, was Sie wissen und das klingt nach einem grossen Halleluja!"

Mit kräftiger Stimme singt sie ein lautes 'Halleluja' in den kargen Raum und hebt dabei beide Arme in die Luft.

„Sie sollten mal unseren Gottesdienst besuchen, mein Freund, denn das war noch gar nichts!" Belustigt schwingt sie ihren Zeigefinger in der Luft und bewegt ihren Kopf rhythmisch dazu.

„Und jetzt raus mit der Sprache: Der Sehnerv ist es nicht, heute ist Auschecken aus diesem Luxuspalast angesagt und Santa rast bereits mit seinem Schlitten durch die Luft, also wo drückt der Stiefel?"

Sie stützt sich die Fäuste in die Hüften und spitzt ihren vollen Mund unter der Maske, so dass diese sich zu einem Spitz formt. Gespannt blinzeln ihre dunklen Knopfaugen den besorgten Patienten an.

„Wenn alles nur so einfach wäre, wie Sie es schildern... Aber lieb gemeint, danke für den erneuten Versuch. Ich mach mich dann mal lieber auf die Socken, bevor mir noch ein Late-Checkout verrechnet wird."

Er erhebt sich vom Bett und geht auf den für ihn bereitstehenden Rollstuhl zu.

„Apropos verrechnen... Sie werden mir wohl nicht verraten, wer meine Rechnungen bezahlt? Nein?" Charles setzt sich in den fahrbaren Stuhl und sieht die Krankenschwester fragend an.

„Sehe ich aus wie das gutmütige Christkind?" Lachend wirft die Krankenschwester ihren Kopf in den Nacken und klatscht in die Hände.

„Mein Freundchen, da müssen Sie sich schon einen Hellseher oder Detektiven anschaffen, um das herauszufinden! Ich kann Ihnen nur wiederholen, was ich schon gesagt habe, und mehr weiss ich auch nicht. Aber, sollten Sie eine heilige Quelle finden, die man anzapfen kann, dann sagen Sie ihr bitte, dass Schwester Clarissa eine feine Dame ist, die sich zu Weihnachten einen neuen feinen Hut für die Kirche wünscht."

Erneut bricht sie in ein herzhaftes lautes Lachen aus und schüttelt zufrieden den Kopf.

„Ihr jungen Leute müsst alle noch den Sinn des Lebens erkennen!"

Sie will ihn gerade zur Tür rollen, da erscheint Simon.

„Das nenne ich Timing! Darf ich gleich übernehmen, Ma'am?"

Er nimmt elegant seinen Hut vom Kopf und wartet mit Respekt und Abstand, auf die Reaktion der Krankenschwester.

„Mit diesen Manieren dürfen Sie mich sogar zur Kirche begleiten." Schwester Clarissa tritt neben den Rollstuhl und legt ihre Hand auf den Unterarm ihres Patienten.

„Geben Sie gut Acht, mein Dornröschen! Frohe Weihnachten und ein gesegnetes neues Jahr!" Sie tätschelt den Arm zum Abschied und nickt Simon auffordernd zu.

„Vielen Dank, Sir, Sie müssen ein Engel sein. Es sollte mehr von Ihrer Sorte geben." Mit diesen Worten geht sie an ihm vorbei und verschwindet im Krankenhausflur.

„Na, dann wollen wir nach Hause! Bereit?"

***

Die funkelnden Lichter an den Häusern lassen den Schnee golden erglänzen und verzaubern die Nachbarschaft in ein Märchenland. Simon fährt bewusst langsam die Strassen ab, um seinen Fahrgast an der Pracht teilhaben zu lassen.

„Sieht es nicht einfach bezaubernd aus? Alle haben sich wieder so viel Mühe gegeben."

Besinnlich blickt der Fahrer zum Fenster hinaus und dann zu Charles.

„Schön, dich wieder bei uns zu haben, Charly. Betty kann es kaum erwarten, dich zu bedienen. Magst du heute ebenfalls bei uns essen? Ich kann dir aber gerne auch etwas hinüber bringen, wenn du lieber dein Zuhause geniessen möchtest."

Charles seufzt hörbar und er kann seine Tränen nicht mehr zurückhalten. Er schluchzt leise in seinen Schal und wischt sich die laufenden Tränen mit den Handschuhen weg.

Simon legt ihm eine Hand auf die zitternden Schultern und blickt auf die Strasse vor ihnen.

Mit ruhiger und sanfter Stimme sagt er: „Ich weiss, mein Junge, ich weiss... Weisst du was, ich denke, es wäre das Beste, wenn du erst eine warme Dusche nimmst, dir frische Kleider anziehst und wir zusammen eine leckere Hühnersuppe geniessen. Betty macht die Beste, musst du wissen! Die belebt Körper und Geist! Dann sehen wir weiter. Wie klingt das für dich?"

Charles' Weinen hat sich etwas beruhigt und er blickt mit wässrigen Augen in die magische Lichterwelt vor dem Fenster. Er nickt schweigend und wischt sich erneut mit dem Handschuh über die Augen.

„Hühnersuppe klingt gut, Simon... Hühnersuppe klingt gut... Ich weiss nicht, wie ich...."

„Nana,..." unterbricht ihn sein Nachbar, „probiere erst mal meinen selbst gebrannten Schnaps dazu, dann wollen wir sehen, ob du dich bedanken willst!" Lachend biegt er den Wagen in ihre Strasse ein und Charles öffnet vor Staunen seinen Mund, als sie vor seinem kleinen Haus stehen.

„Und, wie findest du es? Ich hoffe, es ist nicht zu viel?"

Heilig Abend

Die heisse Dusche belebt die verkrampften Muskeln und Charles blickt jetzt in sein trauriges Spiegelbild.

„Du musst es ihnen sagen. Nach all dem, was sie für dich getan haben, bist du ihnen die Wahrheit schuldig."

Sein Versuch, sich selber Mut zuzusprechen, wird durch den Klingelton seines Mobiltelefons unterbrochen. So rasch ihn die müden Beine tragen, geht er ins Schlafzimmer und erblickt eine ihm unbekannte Nummer.

„Ja hallo? ... Ja, bin ich... Hm, nein, ich habe nichts gekauft, ich bin gerade erst aus dem Krankenhaus gekommen... Jaja, alles wieder gut... Aber, sie müssen sich täuschen... Nein, das ist die Adresse meines Nachbarn..."

Während Charles versucht zu verstehen, geht er zum Fenster und blickt auf das Haus gegenüber der Strasse.

„Na gut, ja, ich bin eh an dieser Adresse heute Abend. Bis später dann."

„Simon, was führst du im Schilde?" Charles wirft sein Mobiltelefon auf das Bett und sucht sich im Schrank seine Abendgarderobe aus.

***

„Pünktlich, wie eine Schweizer Uhr, Charly! Herzlich willkommen! Komm rein in die warme Stube!"

Wie immer fröhlich, nimmt Simon seinem Besucher die Jacke ab und hängt sie sogleich an einen Haken.

„Ich hoffe, du hast Kohldampf! Ich arme Kreatur muss seit Stunden diesen Duft in der Luft ertragen und durfte nichts vorkosten!"

Charles folgt dem redefreudigen Nachbarn ins Esszimmer, wo bereits ein festlich gedeckter Tisch einladend auf sie wartet. Er hört Geschirr in der Küche klappern und ein: „Hallo Charly, bin gleich bei euch! Setzt euch schon mal hin!", von Betty.

Nachdem sich die beiden Hungrigen hingesetzt haben, unterbricht Charles die Wartezeit.

„Simon, ich habe vorhin einen Anruf erhalten."

„Aha? Von wem denn?" Sein Nachbar reicht ihm den Korb mit den Brötchen und blickt ihn fragend an.

„Das weiss ich eben auch nicht... Aber es soll heute etwas geliefert werden... An diese Adresse..." Charles tippt mit dem Finger auf den Tisch, um den Standort der Lieferung mit einer Geste zu unterstreichen.

„Soso? Eine Lieferung sagst du... Interessant... Betty? Liebes? Hast du etwas bestellt, das heute geliefert werden soll?" Schmunzelnd ruft Simon diese Fragen in

Richtung Küche, aus welcher umgehend seine kleine, füllige Frau, mit einer dampfenden Suppenschüssel kommt.

„Ich? Du hast mir doch die Kreditkarte weggenommen, weisst du nicht mehr?" Sie zwinkert Charles zu und stellt die Schüssel auf den Tisch.

„Schön dich bei uns zu haben, Charly. Lasst es euch schmecken!"

***

Eine Mischung aus Freude, Demut und Dankbarkeit bestimmen die Gefühlswelt von Charles, als er sich in sein Bett legt. Nachdenklich blickt er zur Decke und lässt das silberne Licht vom vollen Mond sein Gesicht küssen. Er blickt direkt in das Naturwunder am klaren Himmel und schmunzelt.

„Wenn ich jetzt Santa in seinem Schlitten und den Rentieren sehe, weiss ich, dass dies alles nur ein Traum ist...“

Seine Erwartung wird nicht erfüllt, bis seine Augen müde zufallen.

Weihnachten

Vorsichtig, auf Zehenspitzen geht Charles langsam zum Fenster und zieht den Vorhang zur Seite, um die Sicht auf die Quartierstrasse freizumachen. Beim Anblick des Ford Mustangs in seiner Einfahrt erstrahlt sein Gesicht abermals und er atmet tief Luft ein und wieder aus.

„Ich werde den zurückbezahlen! Ich MUSS den zurückbezahlen!“

Rasch geht er in die Küche, bereitet seinen MrCoffee auf einen heissen Brühentanz vor und öffnet seinen Laptop auf dem Küchentisch.

„Dann wollen wir mal! Genug, Trübsal geblasen! Corona hin oder her,

Wirtschaftskrise auf oder ab, ich weiss, dass jemand da draussen scharf auf einen guten Jingle ist, den nur ICH liefern kann!"

Voller Tatendrang und neu gewonnenem Siegesgeist, öffnet der Werbemacher eine App und beginnt zu tippen und kreieren.

***

Fröhliche Stimmen erklingen aus dem Wohnzimmer, als Simon die Tür öffnet.

„Hey! Das ist wohl der mit Abstand hässlichste Weihnachtspullover, den ich je gesehen habe! Betty, komm her, ich glaube, wir haben einen eindeutigen Gewinner heute!"

Laut lachend zieht er seinen Gast am Arm ins Haus und macht die Tür zur weissen Aussenwelt zu.

„Oh du meine Güte, Charly, wo hast du denn den ausgegraben? Darf sowas überhaupt verkauft werden? Und was hältst du da in der Hand? Du sollst doch nichts mitbringen, mein Junge!"

Heiter kommt Betty auf ihn zu, drückt ihn kurz und nimmt ihm die Eierlikörflasche aus der Hand.

„Die ist vom letzten Jahr, also nicht der Rede wert." Charles blickt an sich hinunter und ergänzt: „Und der ist ein Jubiläumsgeschenk von meinem Ex-Chef. Wie du siehst, war ich sein Lieblingsmitarbeiter."

Mit diesen Worten hat er für sich das Eis gebrochen und folgt seinen Gastgebern ins Wohnzimmer. Herzhaft wird er von Jim und Emma, den erwachsenen Kindern seiner Nachbarn begrüsst.

„Hey Mann, du machst vielleicht Sachen! Das hätte echt ins Auge gehen können."

Der College-Student klopft Charles auf die Schultern und reicht ihm ein Glas Bowle.

„Vorsicht, ich glaub' ihr ist die Flasche aus der Hand gerutscht." Mit einem Augenzwinkern blickt er auf das volle Glas mit den kandierten Früchten.

Charles nickt, nimmt einen zaghaften Schluck und versucht sich die Bitterkeit nicht anzumerken.

„Wow, Weihnachtsbowle, hab' ich schon seit Jahren nicht mehr gehabt. Das war auch die Spezialität meiner Mutter und mein Vater hat die Schüssel dann förmlich ausgeleckt."

Er bemerkt, dass alle Augenpaare auf ihn gerichtet sind und nutzt die Gelegenheit.

„Hey, ich möchte mich aus tiefstem Herzen bei euch bedanken! Und ich weiss ehrlich gesagt gar nicht, wo ich anfangen soll, denn die Liste ist länger, als Santa's Bart!" Leicht beschämt tritt er von einem

Fuss auf den andern und blickt kurz zu Boden.

„Ich... Ich muss euch etwas sagen... Ihr wisst ja, dass dieses Jahr nicht für alle Firmen und Branchen so glimpflich verlaufen ist... Und naja...", er kann den Satz, der ihm sichtlich schwer über die Lippen geht, nicht zu Ende sprechen, da klingelt es an der Tür.

„Entschuldige Charly, wir haben noch einen Gast eingeladen. Ich bin mir sicher, ihr werdet euch gut verstehen."

Simon geht an ihm vorbei und klopft im fürsorglich auf die Schultern und fügt hinzu: „Es wird alles gut, mein Junge."

***

„Betty, ich bringe keinen Bissen mehr runter! Das war mit Abstand das beste Essen, dass ich seit eh und je geniessen durfte!" Charles lehnt sich im

Stuhl zurück und lockert sich etwas den Hosenbund.

„Dem schliesse ich mich an. Das Essen hat diesen wunderbaren Weihnachtstag abgerundet. Herzlichen Dank nochmals, für die Einladung. Ich hätte mich wahrscheinlich mit einem Kübel Ben&Jerry's und einer Flasche Eierlikör unter die Sofadecke verkrochen und den ganzen Tag alte Weihnachtsfilme geschaut und geheult, weil ich nicht heimfliegen und bei meiner Familie sein darf."

Der weitere Gast am Tisch tupft sich elegant die Mundwinkel mit der Stoffserviette ab und blickt dankbar von Betty zu Simon.

Bei ihrem Anblick fällt es Charles schwer, sich vorzustellen, dass diese attraktive Person einen zerzausten Eindruck auf einem Sofa je hinkriegen könnte. Und er versucht den peinlichen Gedanken an seinen Pullover zu verdrängen.

Als hätte sie seine Gedanken hören können, spricht sie ihn an: „Charles, Simon hat mir erzählt, dass sie ebenfalls in der Werbebranche tätig sind? Etwas, dass ich kennen könnte?"

Wie auf Kommando singen Jim und Emma einen Jingle, stehen auf und hüpfen tanzend ins Wohnzimmer.

„Ernsthaft jetzt, der ist von Ihnen? Ich hab' das Waschmittel noch nie gekauft, aber den Jingle bringt man ja nicht mehr aus dem Kopf! Klasse! Ich bin beeindruckt! Bei welcher Firma sind Sie tätig? Kann ich Sie abwerben?"

Verschmitzt grinst sie ihr Gegenüber an, dem diese ganze Situation die Röte ins Gesicht schiessen lässt. Verlegen nimmt er einen Schluck Wein und nickt.

„Danke. Ja, der ist mir gut gelungen... Um ehrlich zu sein,..." er schenkt seinem Gastgeber einen zaghaften Blick, „...bin ich gerade auf Stellensuche."

Er hebt die Schultern und zupft an seinem Pullover.

„Was soll ich sagen, 2020... ein unvergessliches Jahr für viele, nicht wahr?"

Zu seinem Erstaunen scheinen seine Worte niemanden zu überraschen. Betty beginnt die Teller einzusammeln und Simon erhebt sich mit den Worten:

„Geht Ihr beiden doch schon mal vor ins Wohnzimmer. Dort lässt es sich gemütlicher unterhalten. Wir kommen auch gleich nach."

Wie geheissen, setzen sich beide Gäste auf die bequemen Sessel vor das lodernde Feuer im festlich dekorierten Wohnzimmer.

„Auf Stellensuche also, das ist natürlich sehr interessant für mich. Ich führe eine kleine Agentur in der Stadt und suche noch das gewisse Genie in der Bude, wenn Sie verstehen, was ich meine. Der Eine, der gegen den Strom schwimmt, so zusagen. Ich habe erst übernommen und bin neu auf dem Gebiet, da könnte ich Ihr Talent und Ihre Erfahrung bestens gebrauchen, Charly." Sie streift sich ihr bordeaux rotes Samtkleid etwas glatt und blickt zum Esszimmer.

„Er hatte schon immer den perfekten Riecher, unser Simon.", sagt sie schmunzelnd und nimmt einen Schluck Wein aus ihrem Glas.

Charles, dem gerade die Worte fehlen und nicht nachkommt mit dem Sortieren seiner wirren Gedanken, räuspert sich und folgt ihrem Blick. Er runzelt die Stirn und findet seine Stimme wieder.

„Ich... Ich bin gerade etwas überfordert... Und bitte um Entschuldigung, wenn ich neben der Bahn wirke... Aber, ja... Klar, ich bin offen für viele Schandtaten und natürlich extrem interessiert..."

Er richtet sich im Stuhl auf und kneift die Augen etwas zusammen. „Woher kennen Sie Simon?"

Erfreut über seine positive Reaktion klatscht seine Gesprächspartnerin in die Hände und antwortet: „Aus der Detektei. Ich habe die Abteilung für Bankenbetrug geleitet. Das waren noch Zeiten, verrückt kann ich Ihnen sagen! Und als junge Frau in einer solchen Branche Fuss zu fassen, war schon kriminell. Aber Simon hat mich von Anfang an väterlich umsorgt, Sie kennen ihn ja! Ohne ihn wäre ich heute nicht, wo ich bin."

„Detektei? Simon war ein Spion?"

Verblüfft blickt Charles erneut in Richtung Esszimmer und runzelt die Stirn.

„Oh, ich würde es eher Betrugsermittler nennen. Er war der Beste, kann ich Ihnen versichern! Und er hat so viele nachhaltige und gute Programme ins Leben gerufen. Stellen Sie sich vor, er hat es tatsächlich geschafft, dass es einen Fond gibt, der ausschliesslich für Betroffene geführt wird, welche sich in schwierigen Lebenssituationen befinden. Und das ganze

Geld da drin, kam aus den Betrugsfällen seiner Abteilung."

„Seiner Abteilung?"

Gespannt blickt der sichtlich verwirrte Charly die redefreudige Frau an.

„Ja, Krankenversicherungen."

Sie lässt diese Antwort so nebensächlich über ihre Lippen gleiten und hört nicht,… wie laut Charly's Groschen fällt.

*

Frohe Weihnachten

und

ein gesundes neues

Jahr 2021

*

Hiam Mondini ist eine Schweizer Autorin und lebt in Chicago.

2019,

startete sie mit einer ersten Weihnachtsgeschichte ‚Eine Zahnfee zu Weihnachten' eine Reihe von Szenen, welche sie im Alltag beobachtet oder selber erlebt hat.

2020

Ein weiteres Weihnachtsfest im Chicagoland steht vor der Tür und sie versucht gerade in diesem Pandemiejahr, ein wachsames Auge, sowie freudebringende Ideen zu haben.